The Battle of the Snow Cones
La guerra de las raspas

By / Por Lupe Ruiz-Flores

Illustrations by / Ilustraciones de Alisha Gambino

Spanish translation by Amira Plascencia / Traducción al español de Amira Plascencia

PIÑATA BOOKS

Piñata Books
Arte Público Press
Houston, Texas

Publication of *The Battle of the Snow Cones* is funded by grants from the City of Houston through the Houston Arts Alliance, the Clayton Fund, and the Exemplar Program, a program of Americans for the Arts in collaboration with the LarsonAllen Public Services Group, with funding from the Ford Foundation. We are grateful for their support.

Esta edición de *La guerra de las raspas* ha sido subvencionada por la Ciudad de Houston por medio del Houston Arts Alliance, el Fondo Clayton y el Exemplar Program, un programa de Americans for the Arts en colaboración con LarsonAllen Public Services Group, con fondos de la Fundación Ford. Les agradecemos su apoyo.

¡Piñata Books están llenos de sorpresas!
Piñata Books are full of surprises!

Piñata Books
An Imprint of Arte Público Press
University of Houston
452 Cullen Performance Hall
Houston, Texas 77204-2004

Cover design by / Diseño de la portada por Mora Des!gn

Ruiz-Flores, Lupe
   The Battle of the Snow Cones / by Lupe Ruiz-Flores ; illustrations by Alisha Gambino ; Spanish translation by Amira Plascencia = La guerra de las raspas / por Lupe Ruiz-Flores ; ilustraciones de Alisha Gambino ; traducción al español de Amira Plascencia.
      p.   cm.
   Summary: Ten-year-old Elena sets up a snow cone stand in front of her house, and when her friend Alma sets up a stand of her own, it creates an ever-escalating competition between the two girls to see who can outdo the other.
   ISBN: 978-1-55885-575-5 (alk. paper)
   [1. Snow cones—Fiction. 2. Competition (Psychology)—Fiction. 3. Friendship—Fiction. 4. Hispanic Americans—Fiction. 5. Spanish language materials—Bilingual.] I. Gambino, Alisha Ann Guadalupe, ill. II. Plascencia, Amira. III. Title. IV. Title: La guerra de las raspas.
PZ73.R865 2010
[E]—dc22
                                                                                              2009053972
                                                                                              CIP

∞ The paper used in this publication meets the requirements of the American National Standard for Permanence of Paper for Printed Library Materials Z39.48-1984.

Printed in China in April 2010–July 2010 by Creative Printing USA Inc.
12 11 10 9 8 7 6 5 4 3 2 1

It was so hot in Caliente, Texas, the flowers drooped, the grass withered and the townspeople gulped down gallons of lemonade all day long. Even the dog jumped into the swimming pool. Ten-year-old Elena poured a bucket of water over her head. Her mother fanned herself day and night, but couldn't stay cool.

Then Elena had an idea.

Hacía tanto calor en Caliente, Texas, que las flores se marchitaban, el pasto se secaba y la gente bebía limonada por galones todo el día. Hasta el perro se lanzó a la alberca. Elena, una niña de diez años, se echó una cubeta de agua en la cabeza. Su mamá se abanicaba día y noche, pero no lograba refrescarse.

Entonces Elena tuvo una idea.

"I think an icy snow cone will cool the neighbors down in this heat," Elena told her mother, who was sitting next to her.

"What an excellent idea," Mamá said.

"I can set up a snow cone stand in our front yard," Elena said. "Can I? Please?"

Mamá hesitated. "I'm not sure. It's a lot of work."

"I can do it," Elena said, her face glowing with excitement. "I'll use my allowance to buy the supplies."

"All right," Mamá said. "Papá and I will help you set up the stand."

—Creo que una raspa refrescará a los vecinos en este calor —Elena le dijo a su mamá que estaba sentada a su lado.

—Es una excelente idea —dijo Mamá.

—Puedo poner un puesto de raspas en el jardín —dijo Elena—. ¿Me dejas? ¿Por favor?

Mamá dudó. —No sé. Es mucho trabajo.

—Puedo hacerlo —dijo Elena, y su cara se iluminó de emoción—. Usaré mi mensualidad para comprar lo que se necesita.

—Está bien —dijo Mamá—. Papá y yo te ayudaremos a poner el puesto.

Elena ran to tell her best friend Alma about her idea. She and Alma were in the same fifth-grade class and lived across from each other on a hill.

"Would you like to help?" Elena asked Alma.

"I'd rather go swimming in the pool at the park," Alma replied, already wearing her bathing suit.

Elena corrió a contarle su idea a Alma, su mejor amiga. Alma y ella estaban en el mismo salón de quinto grado, y vivían una frente a la otra en una colina.

—¿Te gustaría ayudar? —Elena le preguntó a Alma.

—Prefiero ir a nadar en la alberca del parque —respondió Alma, quien ya traía puesto su traje de baño.

Elena went ahead with her plan. Papá built a wooden booth for the snow cone stand using some old lumber he had stored in the shed. Elena helped paint it sky blue. Papá borrowed the ice shaver machine that he used in the concession stand during church festivals. He showed Elena how to use it to make crushed ice for the snow cones. Mamá ordered a big block of ice and set it in a huge cooler on a table inside the booth.

"Can I choose the flavors?" Elena asked her mother.

"Of course," she replied.

Elena siguió adelante con su plan. Con un poco de la madera vieja que tenía almacenada en el cobertizo, Papá construyó un puesto para vender las raspas. Elena ayudó a pintarlo de color azul celeste. Papá pidió prestada la máquina para picar hielo que usaba en el quiosco de los festivales de la iglesia. Le enseñó a Elena cómo usarla para picar el hielo para las raspas. Mamá mandó pedir un gran bloque de hielo y lo puso en una enorme hielera sobre una mesa adentro del puesto.

—¿Puedo escoger los sabores? —Elena le preguntó a Mamá.

—Por supuesto —contestó ella.

Elena chose strawberry, lemon, bubble gum and grape-flavored syrup for the snow cones. She set up the bottles of syrup in a neat row across the front counter so everyone could see them. Papá nailed a big sign to the front of her stand. It read, "SNOW CONES—75 cents." On the same sign, Elena drew and colored an inviting picture of a snow cone.

Para las raspas, Elena escogió sabores de fresa, limón, chicle y uva. Organizó las botellas una al lado de otra, en una fila impecable, y en la parte del frente del puesto, para que todos pudieran verlos. Papá clavó un letrero al frente que decía "RASPAS – 75 centavos". En el mismo cartel, Elena dibujó y coloreó una deliciosa raspa.

That afternoon, children and grownups alike lined up to buy the frosty delights. The lines grew longer and longer. Elena saw Alma watching from across the street.

By the following morning, Alma, with the help of her parents, set up a snow cone stand in her own front yard. Alma decorated it with dozens of pink, purple and yellow crepe paper flowers. Elena saw her customers drifting over to Alma's festive stand.

Por la tarde, chicos y grandes hacían fila para comprar esas delicias heladas. La fila comenzó a alargarse más y más. Elena se daba cuenta que Alma observaba todo desde el otro lado de la calle.

A la mañana siguiente, Alma, con la ayuda de sus padres, puso un puesto de raspas en frente de su casa. Alma lo decoró con docenas de flores de papel crepé de color rosa, morado y amarillo. Elena vio a sus clientes cambiarse al llamativo puesto de Alma.

Mine will be better, Elena thought, as she hung blue, green and orange tissue paper cutouts across the front of her stand.

"Oh, look at the *papel picado*," one customer said, pointing to the colorful banner on Elena's stand. Soon, lots of people strolled back to her stand.

Then, Alma added more flavors to her snow cones: tropical ones like pineapple, mango, coconut and lime. Eager customers rushed back to Alma's stand to taste the new flavors.

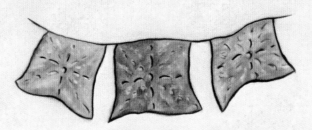

"El mío será mejor", pensó Elena mientras colgaba recortes de papel color azul, verde y naranja en el frente de su puesto.

—¡Oh! ¡Mira el papel picado! —dijo un cliente, señalando la bandera de colores. Pronto, muchas personas regresaron al puesto de Elena.

Entonces, Alma compró más sabores para sus raspas, esta vez de gustos tropicales, como piña, mango, coco y lima. Los clientes regresaron ansiosos al puesto de Alma para probar los nuevos sabores.

By now Elena was fuming. So she convinced her two younger brothers, Manuel and Luis, to put on a show with their hand puppets. Customers flocked back to her stand to enjoy snow cones and watch the show.

A estas alturas Elena estaba furiosa. Entonces convenció a sus dos hermanos menores, Manuel y Luis, para que hicieran una presentación con sus títeres. Los clientes regresaron en tropel a su puesto para disfrutar de las raspas y ver el espectáculo.

Alma was infuriated. So she added her own show: a folkloric dance performed by her talented nine-year-old cousin, María. Pretty soon, everyone gathered at Alma's stand to watch María twirling in her Mexican costume sparkling with green and red sequins.

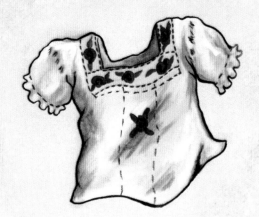

Alma estaba enojadísima. Así que montó su propio espectáculo: una danza folclórica interpretada por María, su talentosa prima de nueve años. En seguida, todos se juntaron en el puesto de Alma para ver a María girar en su traje mexicano de brillantes lentejuelas verdes y rojas.

The following week, Elena ordered more ice and more snow cone flavors. So did Alma. The iceman delivered bigger and bigger blocks of ice as the two girls furiously shaved ice, day in and day out, competing for customers. Then one day, Alma heard a loud WHRUMP coming from her ice machine.

"Oh, no!" she yelled. "The machine won't stop crushing ice!"

Then another WHRUMP came from across the street.

"Oh, my goodness," Elena shouted. "Mine has gone crazy, too. I can't stop it either!"

A la semana siguiente, Elena mandó pedir más hielo y más sabores para las raspas. Alma también. El repartidor de hielo les entregaba bloques de hielo cada vez más grandes, y las niñas raspaban enérgicamente el hielo a toda hora, compitiendo por los clientes. Hasta que un día, Alma escuchó un fuerte ROOOMP que salía de su máquina para picar hielo.

—¡Ay no! —gritó—. ¡La máquina no deja de picar hielo!

Después se escuchó otro ROOOMP del otro lado de la calle.

—¡Oh! ¡Dios mío! —gritó Elena—. Mi máquina se ha vuelto loca también. ¡No puedo pararla!

Horrified, the two girls watched as the crushed ice overflowed, spilled out of the machines, knocked over their stands and toppled the bottles of syrup onto the ground. Lemon, strawberry, mango, lime, bubble-gum syrup and all the other flavors leaked out of the bottles and mixed with the ice, which slid down the street, creating an enormous mound of ice at the bottom of the hill. The line of customers disappeared as they gleefully slid down the icy slope.

Horrorizadas, las dos niñas vieron cómo el hielo picado se desbordaba de las máquinas, tumbando los puestos y volcando las botellas de jarabe al suelo. Los sabores de limón, fresa, mango, lima, chicle y todos los otros sabores se escurrían de las botellas y se mezclaban con el hielo, que se deslizaba por la calle creando un enorme montón de hielo en la base de la colina. La fila de clientes desaparecía y todos se deslizaban alegremente por la helada cuesta.

"Now, see what you've done," Alma said, scowling. "You drove all my customers away!"

"Me?" replied an angry Elena. "It was you who started all this. Instead of snow cones, we have a . . . "

"A giant rainbow snow cone," Alma said, finishing Elena's sentence. They both stared at the ribbons of color cascading down the dazzling icy mound.

"It is beautiful, isn't it?" Alma said.

Elena nodded.

—Ve lo que has hecho —dijo Alma frunciendo el seño—, ¡alejaste a todos mis clientes!

—¿Yo? —contestó Elena enojada—. Fuiste tú la que empezó todo esto. En lugar de raspas, tenemos una . . .

—Una raspa gigante con los colores del arco iris —dijo Alma, terminando la frase de Elena. Las dos miraron fijamente las líneas de colores bajando como una cascada por el montón de hielo.

—Es hermoso, ¿no? —dijo Alma.

Elena asintió.

"And look," Elena said, pointing to dozens of children laughing and sliding on the sparkling hill. "Everyone's having so much fun."

"Everyone except us," Alma said, plopping down in a lawn chair.

Elena pulled Alma out of the chair. "What are we waiting for?"

"You mean we're still friends?"

"Sure we are," replied Elena. "We'll always be friends."

—Y mira —dijo Elena, señalando una docena de niños que estaban riendo y deslizándose por la brillante colina—. Todos están divirtiéndose tanto.

—Todos menos nosotras —dijo Alma, dejándose caer en una silla.

Elena levantó a Alma de la silla. —¿Qué estamos esperando?

—¿Quieres decir que seguimos siendo amigas?

—Por supuesto que lo somos —respondió Elena—. Siempre seremos amigas.

Eager to join in the fun, they ran into the garage and emerged with cardboard sleds. They made their way up the snow cone hill with all the other children, waited their turn and then slid all the way down.

"Yippee! This is more fun than making snow cones," Alma said, giggling.

"I agree," replied Elena. "This giant snow cone is just the thing to cool all the neighbors down in this heat."

Then they both raced to slide down again before the hill melted.

Impacientes por divertirse, corrieron hacia sus garajes y salieron con trineos de cartón. Junto a otros niños, escalaron la colina hecha de raspas, esperaron su turno y después se deslizaron cuesta abajo.

—¡Epa! Esto es más divertido que hacer raspas —dijo Alma riéndose.

—Estoy de acuerdo —respondió Elena—, esta raspa gigante es justo lo que necesitaban los vecinos para refrescarse.

Y las dos corrieron para deslizarse otra vez, antes de que la colina se derritiera.

Lupe Ruiz-Flores is the author of *The Woodcutter's Gift / El regalo del leñador* (Piñata Books, 2007) and *Lupita's Papalote / El papalote de Lupita* (2002). She started writing after she retired from the Department of Defense as an engineering technician. She loves to travel and has lived in Bangkok, Thailand and Okinawa, Japan. She resides in San Antonio, Texas. Visit the author at her Web site: *www.luperuiz-flores.com*.

Lupe Ruiz-Flores es la autora de *The Woodcutter's Gift / El regalo del leñador* (Piñata Books, 2007) y *Lupita's Papalote / El papalote de Lupita* (Piñata Books, 2002). Empezó a escribir cuando se jubiló del Minisiterio de Defensa como técnico de ingeniería. A Lupe le fascina viajar y ha vivido en Bangkok, Tailandia y Okinawa, Japón. En la actualidad vive en San Antonio, Texas. Para más información visita *www.luperuiz-flores.com*.

Alisha Gambino is the illustrator of *Sunflowers / Girasoles* (Piñata Books, 2009). She holds a Bachelor of Fine Arts in Illustration from the Kansas City Art Institute. Her influences are Frida Kahlo, Alphose Mucha, Diego Rivera and Hung Liu. She has organized and completed murals in the United States and Mexico, and she has exhibited her work in many spaces such as Mattie Rhodes Art Gallery, Riverfront Gallery (Lawrence, KS), 3rd St. Gallery (Ozark, MO) and Art Expo New York. She has also illustrated for Rod Enterprises Cultural Graphics. Alisha teaches for Continuing Education at the Kansas City Art Institute and is the Art Education Curator for Mattie Rhodes Art Center.

Alisha Gambino ilustró *Sunflowers / Girasoles* (Piñata Books, 2007). Se recibió con una licenciatura en Ilustración de Kansas City Art Institute. Entre sus influencias se encuentra el arte de Frida Kahlo, Alphose Mucha, Diego Rivera y Hung Liu. Ha organizado y completado murales en Estados Unidos y México. Ha expuesto sus obras en muchas galerías como Mattie Rhodes Art Gallery, Riverfront Gallery (Lawrence, KS), 3rd St. Gallery (Ozark, MO) y Art Expo New York. También ha creado ilustraciones para Rod Enterprises Cultural Graphics. Alisha es maestra de Continuing Education en Kansas City Art Institute y se encarga del arte educativo para Mattie Rhodes Art Center.